LES
CHATS RÉPUBLICAINS,

ABRÉGÉ DE LEUR HISTOIRE

DEPUIS 1789 JUSQU'AUX JOURNÉES
DES 5 ET 6 JUIN 1832.

Par L. A. M...

PRIX : 60 CENT.

PARIS,

CHEZ LEFILLEUL, LIBRAIRE,

RUE DE CASTIGLIONE, N° 12;

ET LES MARCHANDS DE NOUVEAUTÉS.

1832.

LES
CHATS RÉPUBLICAINS,

ABRÉGÉ DE LEUR HISTOIRE

DEPUIS 1789 JUSQU'AUX JOURNÉES
DES 5 ET 6 JUIN 1832.

Par L. A. M...

———

Combien fut malheureux ce temps de brigandage
Où des chats sans aveu, ne rêvant que pillage,
Par des ambitieux au désordre excités,
Comptaient leurs jours, hélas! par mille cruautés.
Aveugles instruments de la classe orgueilleuse,
Leur esprit chaque jour se tourmente et se creuse
Pour inventer des maux et les mettre en vigueur.
Afin de s'élever en semant la terreur,
Ces misérables chats, de leur erreur victimes,
Furent loin de juger des effets de leurs crimes.
Et lorsque la raison voulut les éclairer,
Soudain de tromperie ils vinrent l'accuser.
Et le démon du mal, si farouche et si sombre,
De ses morts à l'instant lui fit grossir le nombre.
En république alors on agissait ainsi
Sans qu'un assassinat causât aucun souci.

Ⓒ

Et quand du roi des chats on vit tomber la tête,
Ce fut pour tous ceux-là le plus beau jour de fête.
Tous crurent entrevoir un meilleur avenir,
Tant la folie alors savait les éblouir.
Jusqu'au chat général, appelé *Lagrippette*,
Qui, malgré leurs forfaits, s'était mis dans la tête
Qu'avec un peu de temps l'émancipation
Aurait pour partisans toute la nation ;
Disant qu'il vallait mieux mourir en république
Que vivre tout courbé sous l'état monarchique.
Au lieu du bien prédit par le grand général,
Hélas ! de tous côté son ne vit que le mal.
Et, ce qui vint encore augmenter la misère,
C'est qu'un chat ennemi leur déclara la guerre.
Haine alors fut jurée à tous ces vils tyrans,
Chats remplis de mollesse et des plus fainéants,
Qui, sur coussins dorés faisant les bons apôtres,
S'engraissent des sueurs et du travail des autres.
Haine aux chats de barons, haine à ceux de marquis,
Si pour l'ordre du jour ils n'ont que du mépris.
Haine encore à jamais à tout aristocrate
Qui pour aider l'état refusera sa patte.
Guerre à mort à ceux-ci, guerre à mort à ceux-là.
Ayant tout dit enfin, le général parla.
Je ne redirai point le discours populaire
Que tient ce maître chat devant la troupe entière ;
Bien qu'il fut applaudi dès le premier abord,
J'ai su qu'un peu plus tard on n'était plus d'accord.
Les uns parlaient de paix, d'autres voulaient la guerre;
Un grade à celui-ci, pour l'autre un ministère.

Si bien que sur la fin tout allant au plus mal,
On prit pour gouverner le chat le plus brutal.
Ce monstre tout sanglant tue, renverse, assassine,
Et promène partout sa rouge guillotine....
Pour le juger bientôt un conseil s'assembla,
Et sa tête à son tour sur l'échafaud roula.
Ensuite, il en vint un qui par l'art de la guerre
Soumit à ses avis tous les rois de la terre.
Mais tous ces potentats qu'il avait épargnés,
Ou que dans sa puissance il avait dédaignés,
Sans honte et sans remords contre lui se liguèrent,
Et, bravant les mépris, en lâches l'attaquèrent.
Mais, sans tant de félons à leur aide accourus,
Tout nombreux qu'ils étaient, il les aurait vaincus;
Et, semblable au pêcheur qui relève sa maille,
Voyant qu'en ses filets il n'a pris rien qui vaille,
Il les eût relâchés, les trouvant trop petits
Pour en pouvoir tirer quelque gloire ou profits.
Mais, par la trahison s'étant laissé surprendre,
Du plus haut trône, hélas! il lui fallut descendre.
Or il en vint un autre, et puis son frère après,
Par vengeance ennemie envoyés tout exprès.
Ce dernier se livrant à certains tours d'adresse,
Au nez de bien des chats escamota la presse (1).
Mais ceux-ci courroucés, avant la fin du jour,
A cet escamoteur feront un autre tour.
Loin d'en être inquiet, il commande à ses gardes
De leur lancer du plomb, en forme de muscades.

(1) Ver luisant servant à éclairer les chats.

Mais les chats sont debout, et le faiseur de tours
Soudain de son pays est banni pour toujours.
Tandis qu'à la frontière un sauf-conduit le mène,
On est ici témoin d'une tout autre scène :
On se presse, on entoure un ancien général,
Paré des trois couleurs, signe national.
C'est bien lui, se dit-on, c'est le vieux Lagrippette ;
Mais quel bonheur pour eux de le voir à leur tête.
Le croyant seul capable, et d'un sain jugement,
On l'appelle à fonder un bon gouvernement.
Sur ces hauts intérêts le général s'explique :
« Si dans un temps, dit-il, j'ai parlé république,
C'est que j'en supposais la possibilité ;
Mais j'ai vécu depuis, et ma félicité
Pour ma fille adoptive est devenu moins forte ;
Et, n'était l'intérêt qu'aux chats français je porte,
Je la leur offrirais. Mais faut-il donc entre eux
Semer l'ambition, et les voir malheureux ?...
Non, non, dit le vieux chat, je conserve ma fille,
Et vous offre à sa place un père de famille,
Un ami bienfaisant et des plus vertueux,
Avec lequel enfin vous devez être heureux.
— Pour ce peuple assemblé j'en accepte l'augure,
Dit un des assistants, mais il faut qu'il nous jure
A la face des cieux d'adopter notre loi :
C'est après ce serment qu'il sera notre roi. »
Le roi dit : Je le jure, et le vieux chat réplique :
La voici la meilleure et sûre république !
Lagrippette et le roi s'embrassent de grand cœur,
Et chacun fait des vœux pour leur commun bonheur.

Pendant des mois entiers ces deux amis, ces frères,
Pour le bien de l'état passent des nuits entières ;
Et jamais un conseil ne peut délibérer
Sans que le général n'y vienne s'immiscer.
Mais de tant d'orgueilleux c'est provoquer la haine :
Voulant tous s'élever, sa présence les gêne.
Hé quoi ! se disent-ils, un simple général
Est-il égal au roi ? Non : alórs c'est un mal
De le voir envers tous agir en chef suprême ;
Il a plus de pouvoir que le souverain même.
Craignons... Que craignez-vous ? son pouvoir vous fait peur.
Ah ! cessez de trembler, vous lui feriez horreur ;
J'aurais cru que son nom, sa vertu, son grand âge,
Devaient le garantir d'un si sanglant outrage.
Hélas ! il n'en est rien, et, pour vous aguerrir,
Notre vieux général n'a donc plus qu'à mourir.
On allait répliquer quand soudain l'on apporte
Un billet du vieux chat terminé de la sorte :
« Vos rigueurs contre moi n'auront plus d'action.
Je donne avis au roi de ma démission. »
Il la donne en effet ; et le roi, dans sa peine,
Maudissant les jaloux, auprès de lui l'entraîne.
« Non, mon vieux général, non, ne me quittez pas ;
Tous ce chats aveuglés reviendront sur leurs pas.
Quelle que soit leur crainte ou même leur colère,
Un jour dans Lagrippette ils ne verront qu'un frère,
Et brigueront l'honneur de marcher après lui.
Dans ses prévisions croyez toujours celui
Qui sans vous sur le trône éprouve peu de charmes.
Ah ! ne résistez pas, rendez-vous à mes larmes... »

Le vieux chat à l'œil sec répond sans s'attendrir :
« Je ne vous suis plus rien, pourquoi me retenir ? »
— « Celui qui vous retient par amitié fidèle
Croyait en son ami trouver un parallèle ;
Il vient de lui prouver qu'il était dans l'erreur,
Par ces deux derniers mots qui lui glacent le cœur.»
Le général fâché, ne sachant plus que dire,
Au roi fait un salut, et soudain se retire.
Mais comme ici l'on glose assez communément,
Et que des resultats on a peu de tourment,
Un gros chat angora, placé près de la porte,
Peiné de voir le roi tourmenté de la sorte,
Dit à certain ami qui l'observait aussi :
« Le monarque aurait eu beaucoup moins de souci
S'il eût connu plus tôt l'amitié trop frivole
De ce chat qui pour lui n'en avait qu'en parole,
Et qui montre aujourd'hui son cœur envenimé.
Bien qu'on exalte fort ce guerrier renommé,
Qu'on l'élève très haut, quant à moi j'en murmure,
Et répète avec tous qu'il n'est route si sûre
Que dans le droit chemin. Mais, pour s'en écarter,
Que l'on cherche une entorse afin de mieux boiter...
Oui, je murmure encor. Bien plus, et sans colère,
J'appelle un chat un chat, et le fourbe faux frère.
Mais cessons de parler de ce vieux général,
Qui croit qu'en l'univers il n'a point son égal;
Je connais ses vieux tours aussi bien que sa ruse,
Et je plains de bon cœur les petits qu'il abuse.
S'il s'adresse si bas, c'est pour paraître grand.
Il veut, dit-il, leur bien, mais il n'est pas donnant.

On le voit exciter ceux qu'il veut faire battre
Contre d'autres plus hauts qu'il n'oserait combattre.
Voilà le grand talent de cet être en renom ,
Qui veut, coûte que coûte, éterniser son nom. »
A son tour l'autre chat pour prendre sa défense
Vient dire en sa faveur tout le bien qu'il en pense ,
Accusant son ami de vouloir le noircir.
Et puis les si , les mais , sont à n'en plus finir.
Mais voyons ce que fait dans son humble retraite
Ce vieux chat vaniteux , n'ayant si forte tête,
Qu'un soupçon sur sa force a pu soudain blesser.
« On ne pourra, dit-il, jamais me remplacer,
Ces gens me reviendront, et je vais les attendre.
Ils viendront suppliants pour me faire reprendre
Ce doux commandement de mes nationaux.
Je m'en défends encor, puis j'apaise leurs maux
En me rendant aux vœux de cette masse entière,
Qui m'appelle à grands cris et me nomme son père.
Il n'est pas jusqu'au roi qui ne vienne à son tour
Par ses embrassements célébrer mon retour. »
Ainsi se consolait, dans son triste ermitage,
Cet être si fougueux, en dépit de son âge ,
Lorsqu'un chat de son bord lui courut annoncer
Qu'un *mouton valeureux* allait le remplacer.
Ce coup inattendu change ce chat en tigre.
Pressé de se venger, le voilà qui dénigre
La jeune royauté qu'il venait de former.
D'autres ambitieux vont aussi l'imiter.
Assemblés chaque jour, on n'entend que leurs plaintes.
Régnera-t-il long-temps ! voilà toutes leurs craintes,

« Cependant, mes amis, dit un chat sans détours,
Pourquoi contre le roi murmurez-vous toujours?
Croyez-vous qu'en poussant tant de clameurs sinistres
Nous puissions obtenir la place des ministres?
Car c'est là le seul point auquel nous visons tous.
— Allons donc, dit un autre ; ami, badinez-vous?
Nous croyez-vous si bas que d'accepter des places?
D'ambitieux tribuns ne suivons pas les traces.
Qu'en pourrait-on penser? que diraient nos amis
En nous voyant du roi les humbles favoris?
Aucun de nous n'en veut.—Non, répètent les autres.
—Nous savons tous d'ailleurs que ni nous ni les nôtres
N'obtiendrons jamais rien sous ce gouvernement.
Il faut donc provoquer son très prompt changement.
A cet effet, voici ce que je vous propose :
Chacun de nous ici ne doit faire autre chose
Que le vilipender du matin jusqu'au soir,
Tourner le bien en mal, le peindre tout en noir,
Rappeler ses méfaits, et prouver au vulgaire
Que, causant son malheur, il rit de sa misère.
Et le chat peuple alors, plein d'indignation,
Saura pour le chasser saisir l'occasion. »
Alors on crie Aux voix ! d'une part et de l'autre.
« A quoi bon ? dit un d'eux : son avis est le nôtre. »
Mais ceux-là tinrent bon, et l'avis fut voté
Par tous les assistants à l'unanimité.
L'effet de leurs projets ne se fit point attendre :
Criant de tous côtés à ne pouvoir s'entendre,
Ils parlent d'esclavage et du nouveau bourreau
Qui par le fer, le feu, veut creuser leur tombeau.

Mais quel débordement, quel affreux persiflage,
Quelle noire fureur, quel dégoutant langage,
Contre un roi que sans doute ils flatteront demain,
S'il voulait leur donner l'attrayant maroquin !....
Hélas ! ces cris divers, ces menaces, ces plaintes,
Du pauvre peuple chat ont réveillé les craintes.
Il n'attend pour marcher que le premier signal.
Ce signal est donné. La mort d'un général
Fameux par ses exploits, de science profonde,
Est par eux attendue de seconde en seconde.
Il n'en peut revenir ; ainsi le veut le sort.
Et ce sont ses amis qui désirent sa mort.....
Funeste ambition ! va, fuis, mon cœur t'abhorre.
Cruelle, fuis bien loin, je le répète encore :
Puisque l'amitié même est un fardeau pour toi,
Je veux te craindre encore en t'éloignant de moi.
Mais de nos chats guerriers je vois couler les larmes :
Ils ne l'entendront plus, ce vieux compagnon d'armes,
Mendier au pays des miettes de pain blanc
Pour ceux qui pour sa gloire ont répandu leur sang.
C'en est donc fait pour eux, il n'est plus d'espérance.
Gémissez, vieux soldats, son cortége s'avance.
Mais le ciel s'obscurcit et change en un instant
Les ruisseaux de la ville en un vaste torrent !....
Qui peut donc de leur dieu provoquer la colère ?
En veut-il aux enfants qui vont pleurer un père ?
Non ; mais il leur signale avec juste raison
Qu'à l'abri du cercueil est la sédition.....
Pouvait-on supposer ce honteux stratagème
En voyant en avant Lagrippette lui-même ?

C'eût été penser mal, ou le juger en sot,
Lui qu'on ne vit jamais qu'à la fin d'un complot.
Bien qu'on ait aperçu des suppôts à soutane
Marcher de front avec tous ceux de la chicane,
Ce seul cas pouvait-il effrayer un moment?
Non, non, mille fois non. Venons au dénoûment,
En passant par-dessus la scène assez brutale
Qui faillit un moment devenir si fatale
Au *chat blanc*, voyant tout d'un assez mauvais œil,
Qui ne s'inclina point quand passa le cercueil.
Mais j'en vais rappeler une autre bien plus vile.
Ce fut celle où je vis trois chats, agents de ville,
Pour le maintien des lois sur leur chemin placés,
Hués par ces méchants, meurtris et terrassés;
Et, pour comble d'horreur, ils chantèrent victoire,
Croyant par ce forfait s'être couverts de gloire!
Un autre un peu plus loin fut encore éreinté
Aux noms de république et de l'égalité.
Mais on arrive enfin auprès d'un monticule,
Destiné par ces fous au conciliabule.
On vit monter d'abord deux ou trois orateurs
Qui firent larmoyer tout autant d'auditeurs.
Descendus tour à tour, un autre leur succède,
Et dit qu'à tous leurs maux il n'est plus de remède
Depuis qu'ils ont perdu ce protecteur des chats,
Qui valait à lui seul mieux que vingt potentats.
Soudain, n'attendant pas que l'orateur achève,
Un chat grimpe aussitôt, et tout à coup élève
Une voix de Stentor qui dut les effrayer.
Mais, bien loin d'en frémir, on les vit s'égayer,

Surtout quand celui-ci leur montra, d'une patte,
Un vieux bonnet pointu de couleur écarlate,
Qu'ils furent déposer sur les restes glacés
De celui qui, vivant, les aurait repoussés,
Préférant cent fois mieux le plus dur esclavage
A leur bonnet sanglant, compagnon du carnage.
Hé quoi! dit l'orateur tout en gesticulant,
Pour qui donc nous prend-il le chat préopinant
Lorsqu'il dit qu'à nos maux il n'est plus de remède?
Ah! nous en guérirons, ou bien comme Archimède
Nous saurons inventer des moyens infernaux
Pour nous débarrasser des chats nationaux.
Nous les brûlerons tous, et ferons place nette
Pour nous tous, citoyens, amis de Lagrippette,
Mais avant, cependant, nous ne ferions pas mal
D'attendre le discours de notre général.
Oui, oui, disent ceux-là, nous désirons l'entendre.
Le vieux chat à leurs vœux s'empressa de se rendre.
Il causa fort long-temps; à peine on put l'ouïr,
Ce qui n'empêcha pas nos braves d'applaudir.
Mais dans les yeux de tous la joie un instant brille
En l'entendant parler d'une ancienne Bastille,
Où, vingt fois repoussés, revenant au combat,
Sa porte enfin s'ouvrit au vaillant peuple chat.
« Quel courage, dit-il, quelle persévérance,
Quel long acharnement pour cette délivrance
De tant de malheureux plongés dans les cachots
Par l'ordre de ce roi trompé par ses suppôts!
Je les porte en mon cœur ces enfants de Bellone. »
A ces mots sur sa tête on pose une couronne.

Mais se souciant peu d'un si triste cadeau,
Et craignant de faillir sous ce pesant fardeau,
Il fut la déposer de sa patte tremblante
Près du rouge bonnet que la foule braillante
Mit au haut d'un drapeau de la même couleur,
En forçant ce dernier d'être son dictateur.
Lagrippetté aussitôt par pudeur ou par ruse
Pour un si grand honneur auprès des chats s'excuse,
Alléguant des raisons qu'ils ne comprennent pas,
Ce qui le mit alors dans un grand embarras.
Moins par gré que par force il dut bientôt se rendre
A ses doux partisans qui ne voulaient l'entendre.
On parlait d'emmener le défunt général,
Afin de l'enterrer en son pays natal,
Lorsque montrant les dents au projet tous s'opposent.
Les chats disciplinés à ces mutins exposent
Qu'ils doivent respecter les volontés du mort.
Mais devant tant de fous la raison eut grand tort.
On vit de gros matous encourager les groupes,
Pour attaquer les chats organisés en troupes.
Ces derniers harcelés restaient tous à leur rang.
Fatigués à la fin de voir couler leur sang,
On entendit les chefs leur commander la charge.
C'est alors qu'il fallut les voir tirer au large,
Fuyant de tous côtés pour aller s'embusquer
Derrière des pavés et dans chaque grenier.
Supposant qu'en ces lieux la victoire était sûre,
Sans risquer d'attrapper la moindre égratignure.
Mais c'était s'abuser, ou connaître fort mal
Les chats amis de l'ordre, au cœur national.

Dès le premier appel ces derniers s'assemblèrent,
Et droit aux révoltés sans s'arrêter marchèrent.
On vit des deux côtés un grand acharnement :
Les chats républicains se battaient vaillamment.
Mais malgré leur courage et les lourdes faîtières
Que lançaient de leurs toits tous les chats de gouttières,
Le bon ordre vainquit, et ne compta ses morts
Que lorsque la victoire eut payé ses efforts.

————

Cette narration serait fort incomplète
Si je ne parlais plus du vieux chat Lagrippette.
A l'instant de ce choc qui les fit tant courir,
On en vit quelques uns tout à coup revenir
Auprès du général afin de le contraindre
A marcher avec eux. Mais en chat qui sait feindre
Il leur dit qu'il pouvait à peine se porter,
Et qu'il vallait bien mieux sans bruit se retirer ;
Que c'était le moyen d'honorer la mémoire
Du chat plein de génie aussi bien que de gloire.
Qui dans tous ses discours ne leur parla jamais
Sans émouvoir le cœur de bien des chats français.
Il crut qu'en leur tenant ce doucereux langage
Il en allait tirer un très grand avantage ;
Mais tous ces forcenés prouvèrent par leurs cris
Que ce dernier discours les avait fort surpris,
Disant que quand bien même il n'y pourrait survivre,
Sans plus tergiverser il devait tous les suivre,

Que quitter ses amis au moment du péril
Etait le fait d'un lâche, ou du chat le plus vil.
Soudain, sans lui laisser le temps de leur répondre,
Cinq à six chats galleux près de lui viennent fondre,
Ils l'élèvent sur eux, et, d'un air triomphant,
S'en vont le déposer sur un traîneau roulant.
Le vieux républicain pas plus qu'un mort ne bouge,
Et se laisse coiffer du fameux bonnet rouge !
Alors on vit des chats d'effrayante laideur
De le traîner partout se disputer l'honneur.
Et l'on crut un instant qu'ils allaient tous se battre,
En raison qu'à ce char on ne tenait que quatre;
Et que réclamant tous leur droit d'égalité,
Ils disputaient d'abord celui de primauté.
Pour les mettre d'accord un des chats de cavernes
Fut couper de ses dents les cordes des lanternes,
Qui, perdant leur soutien, se brisent en tombant,
Et deviennent pour eux un spectacle amusant.
Puis le moment d'après, on vit toute la horde
Sans beaucoup de façon se mettre au cou la corde,
Et tirer sans effort le sapin triomphal,
Qui portait, tout défait, le vieux chat général.
Mais quels cris effrayants, grand dieu! et quel vacarme.
Partout où l'on les voit ils répandent l'alarme.
C'est peu que d'en parler, il eût fallu les voir :
Le tableau qu'on s'en fait ne peut être assez noir ;
Leurs yeux si menaçants, leur allure, leur mine,
Ces chats couverts de boue et rongés de vermine,
Tout en eux en tous lieux n'inspire que l'horreur,
Et met l'ambition dans un grand déshonneur.

Honnie à chaque pas, cette troupe anarchiste,
S'apercevant enfin qu'aucun chat ne l'assiste,
Ramène à son logis le grand républicain
En lui disant tout bas : *A revoir, à demain !*....
Mais le vieux général, ne voulant les attendre,
Bien loin de là sans bruit courut d'abord se rendre,
Se repentant d'avoir trop suivi les conseils
De son perfide orgueil et des chats ses pareils.

FIN.

IMPRIMERIE DE GUIRAUDET, RUE SAINT-HONORÉ, N° 315.